R & L

Carol Lynn Pearson

Der Weihnachtsbesuch

Aus dem Amerikanischen
von Wolfgang Thon

Rütten & Loening
Berlin

1. Kapitel

»Eine Waise!« Florence drückte empört den Knopf der Fernbedienung. Die kleine Waise Annie löste sich in waagerechte Streifen auf und verschwand vom Bildschirm. »Warum muß Daddy Warbucks ausgerechnet in ein Waisenhaus gehen, um sich jemanden zu Weihnachten nach Hause zu holen? Warum besucht er kein Altersheim und fragt nach einer netten, alten Dame, der er das Weihnachtsfest versüßen kann?«

Myrna bürstete langsam und nachdenklich ihr langes weißes Haar. »Vielleicht, weil Waisenkinder niedlicher sind als nette alte Damen. Oder ist dir das noch nicht aufgefallen?«

Die Blicke von Myrna und Florence begegneten sich in dem Spiegel, den Florence mit in das Seniorenheim genommen hatte. Ein schwerer Goldrahmen zierte dieses Schmuckstück, das einst im Wohnzimmer ihres Hauses in Beverly Hills gehangen hatte. Und zwar so, daß die Marmorplastik des »David« von Michelangelo darin zu sehen gewesen war, eine Replik, die sie dreißig Jahre zuvor von einer Italienreise zurückgeschifft hatte.

Die beiden Körper, die der Spiegel jetzt zeigte, hatten allerdings mit diesem David nicht die geringste Ähnlichkeit. Ihre Blütezeit war schon seit Jahren überschritten. Hatte Michelangelo auch alte Menschen abgebildet? Wenn ja, hätten ihn ihre Gesichter sicherlich fasziniert. Es waren gute, ehrliche, runzlige Gesichter, deren Haut beinah transparent wirkte. Und die Adern auf ihren Händen wirkten schon wie aus Marmor gemeißelt.

»Niedlich!« Florence lehnte sich in ihrem Rollstuhl zurück und schloß die Augen. Sie war immer »niedlich« gewesen. Süß, aber nie wirklich schön. Dafür jedoch interessant und attraktiv. Deshalb war sie in Hollywood als Schauspielerin so erfolgreich gewesen. Es hatte zwar nie zur großen Karriere gereicht, aber sie war gefragt und gut im Geschäft gewesen, bis zu dem Tag, an dem sie sich die Hüfte gebrochen hatte. Und selbst jetzt noch strahlte sie Autorität aus, mit ihrem roten Haar, dessen Farbe sie einmal im Monat auffrischen ließ, und mit ihren strengen, ausdrucksvollen Gesichtzügen. Selbst die Schwestern wußten, daß sie hier eine Frau vor sich hatten, mit der man nicht alles machen konnte. Sie versuchten erst gar nicht, sie dazu zu zwingen, ihren Kürbis oder ihre grünen Erbsen oder ihren Reispudding zu essen, wenn sie es nicht wollte. Und wenn Florence klingelte, dann sprangen sie. Die Schwestern wußten, daß Florence einmal Königin Elisabeth gespielt hatte, und untereinander gaben sie ihr scherzhaft diesen Spitznahmen. Florence war eine strahlende blühende Geranie in einem Garten voll verwelkender Gänseblümchen. Die Schwestern mochten sie, auch wenn Florence sie ganz schön scheuchte.

»Wäre es nicht wundervoll?« sagte Florence voller Euphorie. »Was wäre, wenn heute abend jemand – und zwar nicht Daddy Warbucks, alte Männer interessieren mich nicht – nein, sondern eine Familie, eine richtige Familie mit Kindern und allem drum und dran zur Tür hereinspazieren und sagen würde: ›Wir wollen uns eine Oma zu Weihnachten ausleihen. Mal sehen … die da, die mit den roten Haaren, die nehmen wir.‹«

Florence lächelte, und ihre strenge Queen-Elizabeth-Miene löste sich etwas. »Dann laden sie mich drei Tage zu sich nach Haus ein und hängen meine Strümpfe zusammen mit ihren eigenen über den Kamin, und wir sitzen um das Klavier herum und singen Weihnachtslieder, und ich putze das Silberbesteck für das Weihnachtsmahl, und sie fragen mich, wie Weihnachten in meiner Kindheit war, und sie stecken mich am Heiligen Abend mit den Kindern ins Bett und wecken mich am nächsten Morgen ganz früh, weil dann die Geschenke ausgepackt werden, und dann gibt es auch ein paar Päckchen mit meinem Namen unter dem Baum, mit Kleinigkeiten, die die Kinder gebastelt haben, und …«

Florences Stimme versagte, sie war überwältigt von den Dutzenden von Möglichkeiten, die sich plötzlich für das Weihnachtsfest auftaten.

Plötzlich hatte sie keine Lust mehr, sich für eine von ihnen zu entscheiden. Sie seufzte und sah Myrna an. »Wäre das nicht wundervoll?« fragte sie leise.

Myrna lächelte und flocht ihr Haar geschickt zu einem langen Zopf zusammen. Sie schlief lieber mit frisiertem Haar. Das war ordentlicher. »Ja«, antwortete sie. »Das wäre wunderschön.«

Hatte Florences Stimme einfach nur sehnsüchtig geklungen, so schwang in Myrnas Worten Trauer mit. Florence hatte niemals ein solches Weihnachten erlebt. Sie hatte keine Kinder und war nicht einmal verheiratet gewesen. Myrna dagegen hatte mit ihrem Ehemann und ihren fünf Kindern in Idaho unzählige solcher Weihnachtsfeste erlebt. Es war wie in einer Hochglanzillustrierten gewesen. Weihnachten, wie man es normalerweise nur in irgendwelchen Frauenzeitschriften präsentiert bekommt. Es hatte genauso ausgesehen, so gerochen, so geschmeckt und sich so angefühlt: Weihnachten wie im Himmel. Natürlich hatte es die normalen Spannungen gegeben und Streitereien zwischen den Kindern. Aber wenn die

Weihnachtsferien so richtig losgingen, wenn die Vorbereitungen kurz vor dem Ende standen, schienen alle freundlicher zu werden und milder und strahlten fast wie die bunten Lichter am Weihnachtsbaum.

»Hast du wirklich Lebkuchenhäuser gemacht?« wollte Florence wissen.

»Jedes Jahr. Ich habe jedes Jahr ein neues gemacht – ohne Vorlage, nur mit Phantasie. Die Milchglasfenster waren aus Zucker, und vor der Tür wartete der Weihnachtsmann in seinem Schlitten. Susie konnte es nicht mitansehen, wenn wir anfingen, das Häuschen aufzuessen. Sie ist später hereingekommen, wenn alles schon kaputt war, und hat dann ihren Anteil von den Wänden in die Milch gestippt. Mmm.«

Myrna hatte Florence schon oft von dem Lebkuchenhaus erzählt, aber Florence konnte sich einfach nicht daran satt hören. Sie war wie Myrnas fünf Kinder, die immer wieder die Geschichte vom »Heiligen Abend« hatten hören wollen.

Myrna legte ihre Haarbürste auf den Nachttisch und seufzte. Dieses Jahr würde es kein Lebkuchenhaus geben. Dieses Jahr würde sie – zum ersten Mal – kein Familienweihnachten erleben. Dieses Jahr feierten nur Florence und sie und die anderen alten Menschen in dem Seniorenheim Weihnachten, zusammen mit den Schwestern und den Chören, die von den umliegenden Kirchen vorbeikamen.

Obwohl ihre Kinder inzwischen erwachsen waren und selbst Familie hatten, hatte ein gütiges Geschick es gefügt, daß Myrna sie alle immer zu Weihnachten sah. Ihre Kinder wohnten in Idaho Falls und der näheren Umgebung und glücklicherweise gaben sich die Schwiegereltern ihrer Kinder damit zufrieden, sie zu Thanksgiving, zu Silvester oder Ostern einzuladen. Das Weihnachtsfest jedoch verbrachten sie immer mit Myrna.

Myrnas Ehemann war vor drei Jahren gestorben, etwa zu der Zeit, als Myrnas Arthritis schlimmer wurde. Der Familienrat wurde einberufen, und es wurde beschlossen, daß Myrna nach Pasadena umziehen und bei ihrer Schwester leben sollte. Der Arzt meinte, ein wärmeres

Klima könnte die Krankheit erheblich lindern. Und genau das war auch eingetreten. Myrnas Finger waren wieder beweglicher geworden, und sie hatte auch kaum noch Schmerzen in den Knien oder den anderen Gelenken. Die Kinder holten sie im Sommer für ein paar Wochen zu sich und eben auch ein paar Tage über Weihnachten.

Alle riefen einmal in der Woche an und schickten ihr kleine Geschenke, die ihre Enkel in der Schule gebastelt hatten.

Aber dann war ihre Schwester in Pasadena gestorben. Erneut tagte der Familienrat und kam zu dem Schluß, es wäre das beste für Myrna, wenn sie in dem milden Klima Südkaliforniens blieb. Also war Richard, ihr ältester Sohn, zu ihr geflogen und hatte dafür gesorgt, daß sie die beste Pflege bekam, die man mit Geld kaufen konnte. Elmwood Manor war im Vergleich zu den anderen Seniorenheimen eine geradezu luxuriöse Institution. Außerdem sorgte Richard dafür, daß sie Telefon in ihrem Zimmer hatte, damit sie regelmäßig miteinander telefonieren konnten. Und sie holten sie auch weiterhin im Sommer und zu Weihnachten nach Idaho.

Doch dieses Weihnachten ... dieses Weihnachten ging es nicht. Myrna hatte im September einen leichten Herzanfall erlitten, und ihr Arzt hatte davon abgeraten, daß sie auch nur ein paar Tage in größerer Höhe verbrachte. Also hatte die Familie einhellig angeordnet, daß Myrna blieb, wo sie war. Ihre Kinder wollten sie Weihnachten anrufen, und ihr ein Weihnachtsvideo schicken.

Aber es war nicht dasselbe. Natürlich nicht. Immerhin blieben ihr all die wunderschönen Erinnerungen aus den vielen Jahren. Florence hatte nicht einmal Erinnerungen. Es war einfach nicht fair.

»Warum kann das niemand tun?« wollte Florence wissen.

»Warum kann wer was nicht tun?« erkundigte sich Myrna.

»Herkommen und eine Großmutter zu Weihnachten einladen? Warum tut das keine Familie? Ich möchte so gern einmal ein richtiges Familienweihnachten erleben, bevor ich sterbe.

Mit einem Lebkuchenhaus und allem Drum und Dran.«

Florence schob sich in ihrem Stuhl an die Terrassentür, vor der die Katze ausgestreckt die letzten Sonnenstrahlen der Dezembersonne genoß. Der Leiter von Elmwood Manor hatte irgendwo gelesen, daß Haustiere alten Menschen gut taten, also hatte er eine Katze und einen Hund angeschafft und hielt sogar vier Kaninchen in einem Stall im Garten. Florence konnte weder mit dem Hund noch mit den Kaninchen viel anfangen. Die Katze jedoch hatte sie bereitwillig adoptiert und sie nach ihrer Großmutter Kristinea getauft. Sie konnte sie stundenlang streicheln und ihr beim Sonnenbaden zusehen. Katzen waren tatsächlich eine gute Therapie, aber noch besser war die Gesellschaft von Menschen. Besonders zu Weihnachten. Da brauchte man Menschen. Eine richtige Familie.

Florence schüttelte den Kopf. »Träum nur weiter«, sagte sie gedankenverloren. »So etwas passiert doch bloß im Film und nur, weil Drehbuchautoren so etwas rührend finden. Im wirklichen Leben gibt es so etwas nicht. Die Leute sind viel zu sehr mit ihrem eigenen Leben beschäftigt, als daß sie sich auch noch einen Fremden aufhalsen. Schon gar nicht zu Weihnachten. Weihnachten gehört der Familie. Und wenn man nicht zur Familie gehört – gehört man eben nicht dazu.«

»Das finde ich eigentlich nicht, Florence«, antwortete Myrna. »Ich kenne viele Menschen – gute, wunderbare Menschen, die nicht zu beschäftigt sind, als daß sie sich um einen Fremden kümmern könnten.«

»Oh, natürlich, du kennst Leute, die den Armen kandierte Früchte schenken oder sogar in ein Altersheim gehen und Weihnachtslieder singen. Aber jemanden zu sich nach Hause einladen? Einem Fremden ein richtiges Weihnachtsfest bereiten?« Sie schüttelte den Kopf. »So war es doch schon beim allerersten Weihnachtsfest: Niemand hatte Platz für einen Fremden. Und dabei ist es geblieben. Wenn du nicht dazugehörst, gehörst du eben nicht dazu.«

Myrna wirkte beunruhigt, als sie nach ihrer Krücke griff und zu dem freien Stuhl ans Fenster humpelte. Sie setzte sich und sah Florence ernst an. »Irgendwie ... irgendwie gefällt mir das nicht, Florence.«

»Mir auch nicht, Myrna, aber so ist das eben.«

»Ich meine ... ich will sagen, ich bin da anderer Meinung, Florence. Ich glaube, daß es viele Menschen gibt, die auch für einen Fremden Platz in ihrem Herzen haben ... und in ihren Häusern.«

»Nenn mir nur einen.«

»Ich ...«

»Na los, nenn mir einen einzigen.« Florence fixierte Myrna mit einem stolzen, trotzigen Blick.

Myrna ließ sich jedoch nicht einschüchtern und dachte einen Moment nach. »Meine Kinder«, antwortete sie schließlich. »Jedes einzelne meiner fünf Kinder.«

Florence lachte. Sie warf ihren Kopf zurück und klatschte in die Hände, als hätte ihr jemand gerade einen guten Witz erzählt. »Deine Kinder? Glaubst du wirklich, daß sie beim Essen sitzen und sagen: ›Weißt du, was uns zu Weihnachten fehlt? Eine nette alte Dame, die eine Familie sucht und die wir für drei Tage herholen können, damit sie mit uns Weihnachten feiert.‹ Willst du behaupten, daß deine Kinder das sagen?«

»Vielleicht nicht mit denselben Worten. Sie kommen möglicherweise nicht mal von allein auf diese Idee. Aber wenn man sie ihnen nahebringt ... wenn sie erfahren, daß da irgendwo eine arme alte Dame sitzt, die sich nach einer Familie sehnt, mit der sie Weihnachten verbringen darf ... dann würden sie sie zu sich holen. Jedes meiner fünf Kinder.«

»Eine völlig Fremde?«

»Eine völlig Fremde.«

»So fremd wie ich?«

»So fremd wie du.«

»Niemals. Das würden sie nie im Leben tun. Deine Kinder sind gut zu dir. Ich kenne genug Kinder, die ihren Eltern nicht mal eine Karte zu Weihnachten schicken. Aber niemand, nicht mal deine Kinder, schmeißt seine Weihnachtspläne über den Haufen, nur um einer völlig fremden Person eine Freude zu machen.«

»Meine Kinder wohl.«

Florence schwieg einen Augenblick, dann beugte sie sich vor. »Ich glaube das nicht.«

Myrna senkte den Kopf und sah Florence in die Augen, ohne mit der Wimper zu zucken. »Ich schon.«

»Probieren wir es doch einfach aus. Ich sage: Sie tun's nicht.«

Langsam griff Florence zum Telefon, nahm den Hörer von der Gabel und hielt ihn Myrna hin.

2. *Kapitel*

Myrna nahm Florence den Hörer aus der Hand und sah ihre Freundin verwirrt an.

»Was soll das?« fragte sie.

»Ruf deine Kinder an. Frag sie, ob sie über Weihnachten eine einsame alte Dame zu sich nehmen. Ruf sie einfach an.«

»Aber ... dich? Sie sollen dich aufnehmen und nach Idaho Falls holen? Wie sollten sie das tun?«

»Nein, nicht mich. Irgendeine einsame alte Dame aus Idaho Falls.«

Verärgert knallte Myrna den Hörer wieder auf die Gabel. »Aber ich kenne keine einsame alte Dame in Idaho Falls, die eine Familie sucht, mit der sie Weihnachten verbringen kann.«

Florence beugte sich vor. Ihre Stimme klang ruhig und bedeutungsvoll. »Wir denken uns eine aus. Wir erfinden einfach eine! Und wenn eins deiner Kinder sagt: ›Ja, wir laden sie ein‹, dann ist das so, als gäbe es sie wirklich. Es ist genauso gut, als würden sie mich aufnehmen. Dann fange ich sogar wirklich an, an Weihnachten zu glauben. Mach nur, ruf an!«

Myrna zögerte. Würden sie wirklich ja sagen? Sie hatte immer darauf geachtet, ihre Kinder zur Nächstenliebe zu erziehen. Und sie selbst war immer mit gutem Beispiel vorangegangen. Sie hatte oft diese wunderbare Stelle zitiert: »Ich hungerte, und er speiste mich; ich dürstete, und er gab mir zu trinken; ich war ein Fremder, und er nahm mich in sein Haus auf ... und was ihr den Geringsten unter euch erwiesen habt, habt ihr mir erwiesen.«

Myrna lud neue Gemeindemitglieder immer zum Abendessen zu sich nach Hause ein. War jemand gestorben, war sie die erste, die anrief und fragte, wie sie helfen konnte. Und einmal hatte sie eine alleinerziehende Mutter aufgenommen und ihr durch die harte Zeit geholfen und bei den schweren Entscheidungen zur Seite gestanden. Würden ihre Kinder sich daran erinnern? Würden sie an all das denken, was sie ihnen beigebracht hatte, jetzt, wo sie nicht mehr bei ihnen war? »Für einen mehr ist immer Platz«, pflegte sie zu sagen. Sie hatte früher immer ein paar Picknickteller mehr eingepackt, für alle Fälle. Hatten ihre Kinder wirklich die Lektion gelernt, die sie ihnen immer und immer wieder eingetrichtert hatte, der sie ihr ganzes Leben gewidmet hatte? Und hatte sie den Mut, die Probe aufs Exempel zu machen? »Ich war ein Fremder, und er nahm mich auf.«

Myrna nickte zögernd und sah Florence an. »Einverstanden. Einverstanden. Ich rufe sie an und frage sie. Aber ... was soll ich ihnen erzählen?«

Florences Augen leuchteten, und sie richtete sich auf. Verschmitzt lächelnd lehnte sie sich zurück und ließ ihrer Phantasie freien Lauf. »Erzähl ihnen von ... Geneviève.«

»Von Geneviève?«

»So heißt sie – Geneviève.«

Myrna nickte. »Einverstanden. Das Lied hat mir immer schon gut gefallen. Dir auch?« Mit ihrer hohen, zittrigen Stimme begann sie zu singen: »O Geneviève, sweet Geneviève ...«

Florence etwas tieferer Alt stimmte in der

nächsten Strophe mit ein. »The days may lome, the days may go ... gut, also bleibt es bei Geneviève.«

»Erzähl mir etwas von ihr.«

Florence öffnete die Schiebetür, und Kristinea sprang auf ihren Schoß. »Geneviève ist fünfundachtzig Jahre alt und lebt in einem Altersheim in Idaho Falls. Im ... Rosemont Seniorenheim.«

»Rosemont«, wiederholte Myrna. »Warum gibt man eigentlich Altersheimen immer die Namen von Blumen oder Bäumen? Vermutlich soll man glauben, daß es eine Art Erholungsheim ist. Sei's drum. Rosemont also.«

»Und Geneviève ...«

»Wie heißt sie mit Nachnamen?«

»Christensen.« Florence zögerte, als versuchte sie, sich zu erinnern. »Oder war es ...?«

»Christensen ist in Ordnung. Der Name gefällt mir.«

Mit der Souveränität einer geübten Geschichtenerzählerin gestikulierte Florence mit einer Hand, während sie mit der anderen die Katze streichelte. »Geneviève ist seit einem Schlaganfall vor acht Jahren an den Rollstuhl gefesselt. Den Anfall könnte sie erlitten haben, weil ihr Haus am vierten Juli abgebrannt ist. Man nimmt an, daß der Nachbarjunge mit Feuerwerkskörpern herumgespielt hat. Geneviève war natürlich verzweifelt, weil all ihre wichtigen Papiere, ihre Antiquitäten im Wert von -zig Tausenden von Dollar und ihre besten Kleider ein Raub der Flammen wurden.«

Myrna runzelte die Stirn. »Das muß schrecklich für sie gewesen sein.«

Florence schüttelte den Kopf und streichelte Kristinea energischer. »Es war furchtbar. Einfach grauenvoll.«

»Hat sie Kinder?«

»Drei. Aber keines von ihnen wollte sie aufnehmen. Genevièves Leben ist immer schon tragisch verlaufen. Aus einem verrückten Impuls heraus hat sie mit sechzehn einen Tunichtgut geheiratet, der außerdem auch noch Alkoholiker war, wie sich später herausstellte. Nach fünf Jahren und drei Kindern hat er sie in einer Kleinstadt in Connecticut sitzen lassen. Er hat alles versetzt, bis auf einen Schaukelstuhl, den sie aus

England mitgebracht hatte. Der ist natürlich auch ein Opfer der Flammen geworden. Kein Wunder, daß Geneviève der Schlag getroffen hat.«

»Kein Wunder!«

»Geneviève kam durch ihre zweite Ehe nach Idaho. Sie heiratete einen Mann, der eine Kartoffelfarm geerbt hatte. Doch auch dies war eine tragische Beziehung. Er hat sie wegen der Bibliothekarin verlassen, und Geneviève war wieder allein, mit zweiundfünfzig Jahren. Ihre drei Kinder leben alle im Osten. Nur eines von ihnen schreibt ihr überhaupt, aber auch nur selten. Sie ist Weihnachten immer allein.«

»Warum mußte es die Bibliothekarin sein?«

»Ist doch egal. Sie war es eben!«

Myrna sah Florence fragend an. »Sie war es?«

»Und jetzt ist es Genevièves sehnlichster Wunsch – vielleicht sogar ihr letzter Wunsch –, einen Tag mit einer Familie zu verbringen, eine richtige Familienweihnachtsfeier zu erleben!« Florences Begeisterung legte sich plötzlich, und ihr Lächeln erlosch. »Aber sie wird es nicht erleben. Niemand – keine Menschenseele wird Geneviève zu Weihnachten einladen.«

Myrna griff entschlossen zum Telefonhörer. »O doch, jemand wird genau das tun. Und zwar Richard. Richard ist mein ältester Sohn. Er wird sie zu Weihnachten zu sich nach Hause holen.« Sie wollte wählen, zögerte dann aber.

»Na los!«

»Ich ... ich habe meine Kinder noch nie angelogen. Ich lüge niemanden an. Es gibt ja eigentlich gar keine Geneviève, weißt du.«

»Ach nein? Ist nicht jeder Geneviève, der sich nach einem schönen Weihnachtsfest sehnt und es nicht bekommt? Es muß Tausende von Genevièves geben. Also los, ruf an.«

Myrna holte tief Luft und griff erneut zum Telefon. Sie mußte es tun. Jetzt. Sie mußte es für Florence tun, die erfahren sollte, daß es jemanden gab, der sie aufnehmen würde. Aber es ging um viel mehr. Myrna mußte es auch um ihrer selbst willen tun. Sie wollte herausfinden, ob ihre Kinder gelernt hatten, was sie all die Jahre versucht hatte, ihnen beizubringen.

Myrnas Hände zitterten, als sie die Nachttischschublade aufzog und das kleine Notizbuch herausholte. Früher einmal hatte sie die Telefonnummern ihrer Kinder auswendig gekonnt, aber mittlerweile war ihr Gedächtnis nicht mehr so verläßlich wie früher.

»Da haben wir ihn ja. Richard. Habe ich dir schon von Richard erzählt?«

»Das tust du mindestens dreimal in der Woche.«

»Richard ist mein ältester Sohn. Weißt du, die Beziehung zwischen einer Mutter und ihrem ältesten Kind ist immer etwas Besonderes. Dreimal haben wir in derselben Nacht denselben Traum gehabt. Ich wußte immer, wie er sich fühlt, und er scheint auch zu wissen, wie es mir geht. Als ich den Herzinfarkt hatte, hat er sogar eine Stunde später angerufen, um sich zu erkundigen, wie es mir geht. Er ist Direktor einer Highschool und hat selbst vier Kinder.«

»Vier? Und in diesen Hühnerhaufen soll er noch jemanden einladen? Und dazu noch eine völlig Fremde?«

»Wenn ich ihn darum bitte.« Myrna nickte

überzeugt. »Ich glaube, Richard würde alles tun, worum ich ihn bitte.«

Florence nahm den Hörer ab und hielt ihn Myrna hin. Myrna holte tief Luft, faltete ihre Hände, als wollte sie beten, und wählte Richards Nummer.

3. *Kapitel*

»Hallo?«

»Hallo, Darling. Ich bin's, Großmutter.«

»Oh, hallo, Oma. Wie geht es dir?«

»Danke, gut. Sehr gut.«

»Schneit es bei dir, Oma?«

»Schneien? Natürlich nicht.«

»Robby hat mir gesagt, daß es vor zehn Jahren in Los Angeles mal Schnee gab, und ich dachte, vielleicht ist es wieder so. Dann hättest du wenigstens weiße Weihnachten. Ich wünschte wirklich, du würdest dieses Jahr zu uns kommen, Oma.«

»Ja, ich auch. Ist ... ist dein Daddy da?«

»Er ist in der Garage und bastelt irgendwas. Er hat gesagt, ich soll nicht reinkommen, aber ich klopfe einfach an der Tür und ruf ihm zu, daß du ihn sprechen willst. Einen Moment. Ich hab dich lieb, Oma.«

»Ich dich auch, Kleines.« Myrna deckte die Sprechmuschel mit der Hand ab und flüsterte Florence vernehmlich zu: »Das war Julie. Sie ist entzückend. Du solltest mal hören, wie sie Klavier spielt!«

Florence nickte, antwortete aber nicht. Sie ließ Myrna nicht aus den Augen und ballte nervös immer wieder die Hände. Sie leckte sich nervös die Lippen und beugte sich etwas vor.

»Mutter?«

Myrna schrak unwillkürlich zusammen: »Hallo, Richard?«

»Wie geht es dir? Ist alles in Ordnung?«

»Ja, danke, alles prima. Und bei dir?«

»Einfach großartig. Der Weihnachtsmann bleibt bis ein Uhr nachts auf, damit er alles erledigt bekommt, aber bis auf ein bißchen Schlafmangel und dem ständigen Bemühen, die Schneeballschlachten in der Highschool unter Kontrolle zu halten, ist alles in Ordnung. Hier ist es ziemlich kalt. Es ist wie damals, als wir vier Tage in der Schule eingeschneit waren. Weißt du noch?«

»Daran kann ich mich genau erinnern.«

Myrna hätte fast laut gelacht. »Dir hat es genauso viel Spaß gemacht wie ein Besuch in Disneyland.« Sie machte eine Pause und gab sich schließlich einen Ruck: »Ehm, Richard, Darling, ich möchte dich um etwas bitten, um einen Gefallen.«

»Natürlich, Mutter. Worum geht es denn?«

»Es gibt eine Frau in einem Altersheim bei euch in Idaho Falls. Im Rosemont Seniorenheim. Sie ist sozusagen eine Freundin von mir. Ich meine, ich habe sie nicht wirklich kennengelernt, aber ich ... Moment mal.« Myrna deckte rasch die Sprechmuschel ab und drehte sich zu Florence um. »Woher kenne ich Geneviève überhaupt?« flüsterte sie.

»Ihr schreibt euch«, flüsterte Florence zurück. »Ihr seid Brieffreundinnen. Es ist eine ... eine Initiative der Altersheime. Vor drei Jahren ...«

Myrna hob abwehrend die Hand, und Florence verstummte.

»Richard? Geneviève und ich sind Brieffreundinnen. So heißt sie ... Geneviève Christensen. Wir haben uns sehr gut angefreundet. Geneviève hat ein trauriges Leben hinter sich.

Es ist einfach tragisch. Und ihr größter Wunsch ist es, vor ihrem Tod noch einmal eine richtige Familienweihnacht zu erleben. Du weißt schon, so wie wir immer feiern. Und da hatte ich die Idee ... also worum ich dich bitten möchte, Richard, ist, daß du und deine Familie sie für drei Tage zu euch nehmt und ihr ein richtig schönes Weihnachtsfest beschert.«

Myrna wartetete einen Augenblick. »Richard?«

»Du meinst ... hierher? Wir sollen sie zu uns nach Hause holen?«

»Genau. Zu euch nach Hause. Sie kommt ganz gut mit ihrem Rollstuhl zurecht. Ich glaube nicht, daß sie euch viel Arbeit macht.«

Es dauerte lange, bis Richard antwortete: »Was ist denn mit ihrer Familie? Kann sie nicht ...?«

»O nein. Geneviève hat keine Familie. Keine echte Familie. Ihre drei Kinder leben im Osten, aber sie kümmern sich überhaupt nicht um sie. Sie helfen ihr kein bißchen. Geneviève hat letztendlich niemanden, der sich um sie sorgt.«

Es herrschte verlegenes Schweigen, bis Richard schließlich sagte: »Ehm, Mutter ... kannst du einen Augenblick dranbleiben? Ich muß das kurz mit Rosemary besprechen.«

Myrna legte wieder ihre Hand über die Muschel und flüsterte Florence zu: »Er spricht kurz mit Rosemary. Ein entzückendes Mädchen. Und eine wundervolle Mutter.«

Eine volle Minute verstrich, bis Richard wieder ans Telefon kam.

»Mutter ...?«

»Ja?«

»Das Problem ist folgendes: Becky bringt dieses Jahr ihren Freund vom College mit nach Hause. Wir haben ihn bisher noch nicht kennengelernt. Wir müssen ohnehin schon die beiden Kleineren in ein Zimmer zusammenlegen. Ich fürchte, da ist dann kein Platz mehr ...«

»Und was ist mit dem Klappbett?«

Wieder schwieg Richard einen Augenblick, bevor er antwortete: »Mutter, das ist irgendwie ein besonderer Anlaß für Becky. Ich fürchte, daß ... na ja, mit einer Fremden hier und allem ... es würde irgendwie ... du weißt schon ...« Hilflos brach er ab.

»Ja, ich verstehe.«

»Aber wir bringen ihr natürlich gern einen Teller Kekse«, fuhr Richard hastig fort. »Wie hieß das Heim ... Rosemont?«

»Nein, mach dir keine Mühe. Sie ... sie verträgt keinen Zucker.«

»Es tut mir leid, Mutter, aber du verstehst das doch, oder nicht?«

»Doch, doch, ich verstehe.«

»Wir rufen dich Weihnachten an. Ich liebe dich, Mutter.«

»Ich dich auch, Richard. Auf Wiedersehen.«

Langsam legte Myrna den Hörer auf die Gabel zurück.

Florence wiegte sich vor und zurück und drückte Kristinea fest gegen ihre Brust. »Er hat nein gesagt.«

Myrna hob den Kopf und sah Florence einen Augenblick schweigend an. Als sie antwortete, überschlugen sich ihre Worte beinahe: »Aber er hat einen guten Grund. Einen sehr guten Grund. Ihre älteste Tochter bringt dieses Jahr zu Weihnachten ihren Verlobten mit, und es wäre einfach nicht ... passend. Und Geneviève würde doch Becky keine Umstände bereiten wollen.«

»Nein.« Florence schien plötzlich um Jahre gealtert zu sein. »Nur kommt es immer ungelegen. Es ist immer lästig. Ich bin lästig. Geneviève ist lästig. Wir gehören einfach nicht dazu.«

»So kann man das doch nicht sehen. Bei Richard ist es dieses Jahr eben eine besondere Situation. Eins meiner Kinder, mindestens eins! wird sich bereit erklären, Geneviève zu sich zu nehmen.«

Florence lehnte sich seufzend zurück. »Wer ist der nächste?«

»Beverly. Habe ich dir von Beverly erzählt?«

Florence nickte. »Du hast mir von Beverly erzählt.«

Die Tür ging auf, und Ruth kam mit zwei Speisetabletts herein. Ruth war immer strahlend und liebenswürdig, auch wenn die alten Leutchen, die sie pflegte, einmal unausstehlich waren. »Essenszeit!« flötete sie. »Hühnchen Surprise!«

»Nicht sehr überraschend«, bemerkte Florence, schob Kristinea von ihrem Schoß und rollte sich zum Waschbecken, wo sie sich die Hände wusch.

»... gnadenbringende Weihnachtszeit ...«, flötete Ruth weiter. Sie gehörte zu den seltenen Menschen, die immer zu genießen schienen, was der Moment ihnen gerade brachte. Sie war um die Vierzig, schlank und hatte einen Hauch zuviel Rouge auf den Wangen und etwas zu lange Wimpern. Aber die Wimpern waren das einzige Unechte an ihr, ihre gute Laune und ihr aufrichtiges Interesse an den alten Menschen im Elmwood hatte sie bei allen zur Lieblingsschwester gemacht.

»Ruth?« Florences Stimme nahm wieder einen strengen Tonfall an. »Sind das etwa Erbsen aus der Dose? Erbsen aus der Dose sind widerlich. Schlappe, ekelhafte kleine Dinger. Ich habe doch der Küche gesagt, daß ich bis zum Ende meines Lebens keine Dosenerbsen mehr sehen möchte.«

Ruth nahm eines der ekelhaften kleinen Dinger zwischen Daumen und Zeigfinger und zerquetschte es. »Sie haben recht, Florence. Erbsen aus der Dose sind wirklich widerlich. Ich werde den Küchenchef daran erinnern, daß er Sie niemals wieder mit Dosenerbsen belästigt.«

Die anstößigen »Dinger« wurden rasch in eine Serviette geschaufelt und im Mülleimer versenkt.

»Ist das hier weniger widerlich?« Mit übertriebener Heimlichkeit zog Ruth einen Schokoriegel aus ihrer Kitteltasche und legte ihn feierlich auf Florences Tablett.

»Ah!« Mit einem entzückten Aufschrei stürzte sich Florence in die kleine Aufführung, nahm den Schokoriegel ehrfürchtig in die Hand und preßte ihn an ihren Busen.

»Aber verraten Sie mich nicht. Der Doktor hat gesagt, daß Sie keine Schokolade essen dürfen. Aber ich habe all diese Bonbonpapiere in Ihrem Mülleimer gesehen. Ich weiß nicht, woher Sie das immer bekommen – jedenfalls bin ich Ihnen schon lange auf die Schliche gekommen. Aber in den zwei letzten Wochen gab es keine Bonbonpapiere. Ich habe mir gedacht, daß Sie langsam verzweifeln müssen, also habe ich heute morgen auf dem Weg zur Arbeit welche gekauft.«

Sie zog einen zweiten Schokoriegel aus der Tasche. »Ich habe sogar einen für Myrna mitgebracht. Allerdings ist sie wohl nicht so schokoladensüchtig wie manch anderer, den ich kenne.«

»Danke, Ruth.« Myrna lächelte, als sie den Riegel entgegennahm. »Ich gebe der Versuchung nur sehr selten nach. Heute werde ich es tun.«

»Aber erst nach Hühnchen, Salat, Brot und Milch. Versprochen?«

»Versprochen.«

Ruth drückte den beiden Damen die Schulter und verschwand. »Ich komme in zwanzig Minuten wieder.«

Die beiden Frauen aßen schweigend ihr Hühnchen Surprise. Dann deutete Myrna mit dem Messer zur Tür. »Sie ist wirklich ein entzückender Mensch. Siehst du, Florence? Die Welt ist voller reizender Menschen, die sich rührend um dich kümmern.«

Florence nickte. »Ruth ist eine liebenswerte Person. Sie geht in den Gemüseladen und kauft dir einen Schokoriegel. Das nimmt zehn Minuten ihrer Zeit in Anspruch. Und sie bleibt auch länger, um dir zuzuhören, bis du eine Geschichte zu Ende erzählt hast. Das macht noch mal fünf Minuten. Aber solche Großherzigkeit hat immer ihre Grenzen. Und Geneviève stößt an diese Grenzen. Drei Tage seines Lebens für einen Fremden vollkommen neu zu planen – das ist erheblich aufwendiger, als irgend jemand zu tun bereit ist.«

»Da bist du auf dem Holzweg, Florence. Sobald ich mit diesem Hühnchen Surprise und dem Salat und dem Brot und der Milch und diesem Schokoriegel fertig bin, werden Beverly und ich dir beweisen, wie sehr du dich irrst.«

4. Kapitel

Florence knabberte nervös an ihrem Schokoriegel, als Myrna ihr blau geblümtes Adreßbuch aufschlug.

»Mal sehen.« Myrna rückte sich die Brille auf der Nase zurecht, während sie das Adreßbuch ins Lampenlicht hielt. »Ah, hier sind sie ja. Beverly und Tom. Beverlys Geburt war ziemlich kompliziert. Hab ich dir das schon erzählt? Sie hätte es fast nicht geschafft. Die Ärzte meinten sogar, sie wäre das reinste Wunderkind. Zwei Wochen lang dachten sie, Beverly würde nicht durchkommen. Aber dann hat sie es allen gezeigt.«

Ein liebevolles Lächeln erschien auf Myrnas Gesicht, und sie ließ das Adreßbuch in ihren Schoß sinken. »Als ich sie aus dem Krankenhaus nach Hause geholt habe, mußten wir sie auf einem Kissen tragen, weil sie so winzig war.

Aber als sie sich dann überlegt hatte, daß sie doch wachsen wollte, ist sie auch gewachsen, und wie! Schon an ihrem ersten Geburtstag hatte sie ganz knubbelige Knie. Und erst ihre Grübchen! Meine Güte, was hatte sie für süße Grübchen!« Myrnas Blick war starr auf die Vorhänge gerichtet, ohne daß sie sie wirklich gesehen hätte. Sie war völlig in ihre Erinnerungen versunken.

»Myrna!« rief Florence ungeduldig. »Ruf endlich an!«

Aber Myrna hörte ihr nicht zu. »An ihrem ersten Weihnachtsfest haben wir einen ihrer winzigen Babystrümpfe aufgehängt. Er war nur so groß!« Sie spreizte Daumen und Zeigefinger. »Und Richard hat ihr die ganze Zeit vorgesungen:

›Auch ein Strümpfchen für das Baby,
daß man es auch nicht vergißt
Denn der kleine süße Liebling
weiß noch nicht, was Weihnacht ist.
Aber als ich ihr erzählte
von dem Glanz und von der Pracht
hat sie mich mit blauen Augen
ernst und wissend angelacht‹.«

Myrna nickte zufrieden. »Ja, ich glaube, Beverlys Haus ist genau die richtige Adresse für Geneviève. Davon bin ich wirklich überzeugt. Und außerdem hat sie auch mehr als genug Platz. Ihr Mann ist Zahnarzt. Vor ein paar Jahren habe ich von ihm gleich drei Wurzelbehandlungen machen lassen. Geld haben sie auch genug. Und der Haushalt ist hervorragend organisiert. Er läuft wie geschmiert. Ihre Kinder, ein Junge und ein Mädchen, gehen beide zur Highschool. Sie sind unglaublich aktiv. Und Beverly engagiert sich stark für wohltätige Zwecke.«

»Myrna! Ruf einfach an!«

»Ja, ich glaube, bei Beverly wäre Geneviève gut aufgehoben.«

Myrna nahm den Telefonhörer ab, sah angestrengt in ihr Adreßbuch und drückte die Tasten. Sie holte mehrmals tief Luft und schloß die Augen, während sie dem Klingeln am anderen Ende lauschte.

»Hallo?« Die Stimme klang weit weg, und die Leitung rauschte.

»Beverly?«

»Hallo? Mutter? Du?«

»Ich kann dich kaum verstehen, Beverly.«

»Wie bitte? Ich kann dich nicht verstehen, Mutter. Mein Mixer läuft. Moment, ich schalte ihn ab.«

Myrna legte die Hand über die Muschel, als sie mit Florence sprach. »Sie hat den Mixer an. Sie stellt ihn nur kurz ab.«

»Mutter?«

»Jetzt verstehe ich dich. Wie geht es dir, Beverly?«

»Gut. Und dir?«

»Danke, gut.«

»Was machst du, Mutter? Bist du auch schön brav?«

Myrna lächelte. Das fragte Beverly immer. Als gäbe es in Elmwood Gelegenheiten, nicht brav zu sein.

»Aber natürlich. Ich benehme mich sehr gut. Du wärst stolz auf mich. Was machst du denn gerade?«

»Ich backe dänische Weihnachtskekse. Dein tolles Rezept, weißt du noch?«

»Ob ich das noch weiß? Ich muß Zehntausende von diesen dänischen Keksen gebacken haben. Wie geht es den Kindern?«

»Großartig. Soll ich sie ans Telefon holen?«

»Nein, danke. Ich wollte mit dir sprechen, Beverly ...«

»Ja?«

»Ich möchte dich um einen Gefallen bitten. Es ist ein ziemlich großer Gefallen, aber es ist sehr wichtig für mich.« Myrna drückte sich angestrengt die Hand an die Stirn.

»Worum geht es, Mutter?«

»Es geht um Geneviève. Ich mache mir schreckliche Sorgen um sie.«

»Geneviève?«

»Sie lebt im Rosemont Seniorenheim, bei euch in Idaho Falls. Wir schreiben uns seit einiger Zeit, und sie ist einfach entzückend. Aber schrecklich einsam. Oh, Beverly, sie ist so schrecklich einsam. Es bricht mir das Herz, wenn ich nur an sie denke. Einer ihrer Ehemänner war Alkoholiker und hat sie verlassen, und der andere ... ist mit einer Bibliothekarin durchgebrannt. Sie hat drei Kinder an der Ostküste, die sie nie besuchen.«

»Und warum lebt sie in Idaho?«

»Dort war die Kartoffelfarm. Jedenfalls ... Geneviève möchte einmal in ihrem Leben ein richtiges Weihnachtsfest mit einer richtigen Familie erleben. Mit Strümpfen am Kamin und einem Baum und dänischen Weihnachtskeksen. Sie liebt Kekse!«

»Mutter?« In Beverlys melodischer Stimme schwang ein besorgter Unterton mit. »Du meinst ... meinst du etwa, daß wir sie aus dem Altersheim nach Hause holen und sie als Weihnachtsgast aufnehmen sollen?«

»Drei Tage. Es sind nur drei Tage. Ihr werdet sie mögen, Beverly. Die Kinder und Tom werden begeistert von ihr sein. Sie hat ein trauriges Leben hinter sich, aber sie ist so klug und liebenswürdig.«

»Hier?«

»Sie sitzt zwar im Rollstuhl, aber sie kann allein ins Bett gehen und auch allein aufstehen.«

Am anderen Ende der Leitung herrschte Schweigen.

»Beverly? Bist du noch dran?«

»Was? Ja, natürlich. Ich, ähm ... ich denke nur gerade darüber nach.«

»Ich glaube, daß du von allen meinen Kindern die richtige Wahl bist, Beverly. Ich weiß, daß du Geneviève ein Weihnachtsfest bieten wirst, das sie niemals vergessen wird.«

»Äh ... Mutter ... ich weiß nicht, wie ... hör zu Mutter, es geht nicht. Es ist schlechterdings unmöglich.«

»Warum denn?«

Beverly war von der Bitte ihrer Mutter ganz offensichtlich überrumpelt. Myrna wußte genau, wann ihre Kinder ihr eine Ausrede auftischten. Vor Jahren hatte Beverly versucht, ihr weiszumachen, daß sie mit dem Klavierunterricht aufhören müsse, weil die Tasten zu hart wären und ihr die Finger wehtäten.

»Beverly?« Myrna versuchte, den Namen mit der richtigen Mischung aus Autorität und Demut auszusprechen.

»Mutter, es ist folgendermaßen: Wir sind so gut wie gar nicht zu Hause. Wir haben so viele Pläne und werden ständig unterwegs sein ... ja, genau, wir sind die ganze Zeit auf Achse. Es hat sich bei den Kindern alles mögliche angesammelt, was wir erledigen müssen, und Tom und ich ...«

»Dann nehmt Geneviève doch einfach mit!«

»Im Rollstuhl? Auf diesen eisigen Straßen? Ich hätte viel zu große Angst, daß sie sich verletzt.«

»Dann laßt sie zu Hause.«

»Allein? Das ist doch gräßlich. Ich könnte sie nicht allein hier lassen. Sie würde sich entsetzlich vernachlässigt fühlen. Mutter, ich weiß wirklich nicht, wie wir das schaffen sollten. Ich ... es tut mir leid. Aber ich veranlasse auf jeden Fall, daß der Chor der Highschool auch in ihr Heim zum Vorsingen kommt. Sie lebt in Rosemont, richtig?«

»Ja«, Myrna antwortete leise und tonlos.

»Ihr Name ist ...?«

»Geneviève.«

Beverlys Stimme klang plötzlich fröhlicher, wie die einer Mutter, die versucht, ein enttäuschtes Kind abzulenken. »Wir rufen dich Weihnachten an, Mutter. Schlaf gut. Und alles Liebe.«

»Dir auch, Beverly. Gute Nacht.«

Myrna saß wie versteinert da und starrte den Telefonhörer an, bis sie sich einen Ruck gab und ihn auf die Gabel legte. Beverly erinnerte sich zwar noch an das Rezept für die dänischen Weihnachtskekse, aber sie hatte vergessen, worum es zu Weihnachten eigentlich ging. Kekse hatte damit nichts zu tun. Absolut nichts. »Ich war ein Fremder, doch er nahm mich auf.«

»Ruf die anderen lieber gar nicht erst an, Myrna«, riet ihr Florence leise. »Laß es bleiben.«

Myrna dachte darüber nach. »Ich muß es wissen. Ich muß es herausfinden. Es kann doch nicht sein, daß alle, wirklich alle ... oder doch?«

»Dann warte wenigstens bis morgen früh.«

Myrna schüttelte den Kopf. »Es läßt mir keine Ruhe. Ich muß sie heute abend noch sprechen.« Sie schlug ihr Adreßbuch wieder auf, zögerte, hob den Kopf und sah Florence verwirrt an.

»Florence .... wie alt ist Geneviève eigentlich genau?«

Florence dachte einen Moment nach. »Fünfundachtzig«, erwiderte sie dann.

»Dann hat sie nicht mehr viele Jahre vor sich, nicht wahr?«

»Nein, hat sie nicht.«

Entschlossen blätterte Myrna in ihrem Adreßbuch, bis sie die gesuchte Nummer fand. »Joy«, erklärte sie. »Habe ich dir schon von Joy erzählt?«

5. Kapitel

Schlafenszeit!« Ruth betrat das Zimmer und stapelte geschickt die beiden leergeputzten Essentabletts übereinander. »Na prima, meine Damen!« Sie brachte die Tabletts hinaus, stellte sie in das Rollregal im Flur und kehrte dann ins Zimmer zurück. »Kommen Sie, Florence, Sie zuerst. Machen wir uns nachtfein.«

»Schon? Es ist doch noch nicht mal acht Uhr«, quengelte Myrna wie ein kleines Kind, das noch eine Sendung im Fernsehen sehen wollte.

»Na, na«, tadelte Ruth sie liebevoll. »Nicht schmollen, nicht weinen, sondern lieber aufpassen. Ich erzähle Ihnen, warum ...« Sie runzelte die Stirn. »Oder heißt es: ›Schön aufpassen, und bloß nicht weinen ...‹ Es ist schon so lange her, daß meine Kinder klein waren.«

»Ruth, wir brauchen noch ein paar Minuten.

Wir müssen einige dringende Telefonate führen. Sehr wichtige Telefonate. Lassen Sie uns bitte noch eine halbe Stunde Zeit. Bitte?«

»Haben Sie etwa Geheimnisse? Heiße Verabredungen für Sylvester? Sie dürfen aber nicht länger als Mitternacht aufbleiben und auf keinen Fall herumtanzen und flirten wie schamlose Teenager.«

Ihre Fröhlichkeit war ansteckend. Selbst Myrna mußte lächeln. »Ich habe mich Sylvester allerdings mit etwas Heißem verabredet: mit einem Becher heißer Milch.«

»Sie sind eine kluge Frau. Auf einen Becher heiße Milch kann man sich wenigstens verlassen. Männer hingegen sind nie da, wenn man sie braucht. Es ist doch immer dasselbe. Also gut. Weil Weihnachten ist, werde ich die anderen zuerst versorgen. Und denken Sie daran: Wenn ich Sie erwische, wie Sie sich Sylvester heimlich herausschleichen, um sich am Drugstore an der Ecke mit irgendwelchen Männern aus dem Altersheim zu treffen ... dann stecken Sie ganz schön in der Klemme!«

Ruth wischte ein paar Krümel von Florences Bluse und ging.

Warum sagt sie das? fragte sich Myrna. Das mit den Männern, die niemals da sind, wenn man sie braucht? Ihr Sidney war immer treu gewesen. Anscheinend hatte Ruth schlechte Erfahrungen gemacht. Und Genevièves Ehemänner hatten sie beide verlassen. Stimmte es denn wirklich, daß man sich auf die wenigsten Menschen verlassen konnte? Das galt doch sicher nicht für die eigenen Kinder! Bestimmt konnte sich eine Mutter auf ihre Kinder verlassen. Außer Geneviève. Die nicht. Deren Kinder lebten alle im Osten, und nur eins von ihnen schickte ihr ab und zu eine Karte. Aber ihre Kinder waren anders. Sie hatte immer auf sie zählen können. Immer. Myrna schlug erneut ihr Adreßbuch auf.

»Habe ich dir schon erzählt, warum wir sie Joy genannt haben?«

»Nein. Warum?«

»Weil sie genau das war. Sie war die reinste Freude. Ich weiß ... in allen Büchern steht, daß Babies während der ersten Wochen nicht lächeln können, sondern daß sie einfach nur Grimassen schneiden, weil sie verdauen. Aber ich sage dir: Joy hat gelächelt. Als wir vom Krankenhaus nach Hause gefahren sind, hat sie damit angefangen. Habe ich dir jemals von Joys Goldfisch erzählt?«

»Goldfisch? Nein.«

Myrna kicherte. »Joy hatte diesen Goldfisch bei einer Karnevalstombola in der Schule gewonnen. Und ihn in einem Glas auf den Küchentresen gestellt. Jeden Morgen beim Frühstück konnte sie ihren Goldfisch betrachten und mit ihm plaudern. Natürlich sollte sie das Glas sauber halten, aber manchmal vergaß sie es. Eines Morgens gelang es ihr, mich zu überreden, das Wasser zu wechseln, weil sie längere Zeit ihre Pflichten vernachlässigt hatte und das Wasser schon stank. Sie versprach mir hoch und heilig, das Glas dann gründlich sauberzumachen, wenn sie aus der Schule zurückkam.«

Florence nickte wissend. »Ja, ja.«

»Ich hatte nie einen Goldfisch gehabt«, fuhr Myrna fort, »also hatte ich auch nie Wasser von einem Goldfisch wechseln müssen. Ich ging mit dem Glas zur Spüle, fischte das kleine Geschöpf mit einem Netz heraus und mußte hilflos mitansehen, wie es heraushüpfte und verschwand. Es flutschte einfach so in den Ausguß. Vor meiner Nase!«

Florence lachte, und Myrna stimmte mit ein.

»Was sollte ich tun? Ich war verloren! Also lief ich zum Auto und fuhr zum Zooladen um die Ecke. Ich ging rein und sagte zu dem Verkäufer: ›Bittte zeigen Sie mir Ihre Goldfische. Ich habe den Fisch meiner Tochter aus Versehen den Abfluß heruntergespült, und ich brauche unbedingt einen neuen, bevor sie aus der Schule kommt.‹«

»Und was hat der Mann geantwortet?«

»Er sagte: ›Tja, Lady, das wird wohl nicht klappen. Kinder erkennen ihre Goldfische.‹ Ich sagte: ›Zeigen Sie sie mir einfach.‹ Also gingen wir nach hinten zu den Aquarien mit den Goldfischen. Und die Tiere waren alle nur halb so groß wie der Fisch, den ich den Abfluß heruntergespült hatte.«

Florence klatschte in die Hände und lachte laut.

»Also habe ich zwei gekauft.«

Myrna konnte nicht weitersprechen, weil sich die beiden Frauen ausschütten wollten vor Lachen. Sie wippten auf ihren Stühlen vor und zurück wie Aufziehpuppen.

Langsam kam Myrna wieder zu Atem. »Als ich nach Hause kam«, fuhr sie fort, »tat ich die beiden Goldfische in das Glas und sagte kein Sterbenswörtchen. Joy machte das Goldfischglas an diesem Abend natürlich nicht sauber. Als wir am nächsten Morgen beim Frühstück saßen, sagte sie plötzlich: ›Da sind zwei Goldfische in dem Glas!‹ Richard erwiderte: ›Sei nicht so doof. Da können keine zwei Goldfische drin sein!‹ Joy sprang auf und deutete auf das Glas. ›Können sie wohl! Seht doch, da sind wirklich zwei Goldfische drin!‹ Dann sagte ich: ›Joy, ich kann einfach nicht lügen. Ich bin schuld. Ich habe deinen Goldfisch fallen lassen und ihn zerbrochen. Ich habe ihn in zwei Fische zerbrochen!‹«

Florence lachte wieder, bis ihr die Tränen über die Wangen liefen.

»Meine Familie starrte mich verblüfft an und dann brachen wir alle in großes Gelächter aus. Ich erzählte ihnen, was wirklich passiert war. Das ist die Geschichte vom Goldfisch.«

Das Lachen tat gut. Myrna hatte schon lange nicht mehr so heftig gelacht, und es fühlte sich wundervoll an. Zu Hause hatten sie viel gelacht. Und sich umeinander gekümmert. Myrna hatte keine Mühen gescheut, etwas mit den Kindern zu unternehmen oder etwas für sie zu tun. Sie hätte nicht zu der Zoohandlung fahren und neue Goldfische kaufen müssen. Genausowenig wie sie die hundert, ach was, tausend anderen Dinge hätte tun müssen, die sie zusätzlich zu ihren elterlichen Pflichten noch für ihre Kinder getan hatte. Sie hatte es gemacht, weil sie es wollte, aus reinem Vergnügen. Alles, worum ihre Kinder sie baten, jedenfalls alles, was sie für gut und richtig befand, hatte sie erfüllt, egal, wieviel Aufwand damit verbunden sein mochte. Und gewiß würden sie doch sicher dasselbe für ihre Mutter tun. Ganz bestimmt würden sie das. Vielleicht machten Richard und Beverly gerade eine schwierige Zeit durch. Das war die Erklärung. Es war schlicht ein ungünstiger Moment. Joy würde sie nicht im Stich lassen. Joy würde sagen: »Aber gern, Mutter. Wie lautet die Adresse?«

Aufgemuntert vom Lachen griff Myrna mit neuer Energie nach dem Telefonhörer und wählte. Sie zählte die Klingelzeichen: sechs, sieben, acht. Myrna wollte schon auflegen, als ...

»Hallo?« Es war eine männliche Stimme.

»Hallo. Paul, bist du das?«

»Mutter? Wie geht es dir?«

»Danke gut.«

»Wir wollten gerade losfahren, um drüben in der Kirche ein Stück zu proben. Ich hole Joy an den Apparat. Moment.«

»Danke, Paul.« Myrna deckte die Sprechmuschel mit der Hand ab. »Er holt Joy«, flüsterte sie Florence zu. »Sie wollten gerade weggehen.«

»Hallo, Mutter. Geht es dir gut?«

»Ja, ja, mir geht's gut, danke.«

»Wirklich?« Joy spürte sofort, wenn Myrna etwas auf dem Herzen hatte.

»Mir geht es gut. Aber ...«

»Was ist los? Du hast doch nicht etwa noch einen Herzanfall gehabt, Mutter?«

»Nein. Nein, Joy. Ich ... ich brauche etwas. Ich ... du mußt mir einen Gefallen tun.«

»Ja?«

»Eigentlich nicht mir. Sondern jemand anderem. Geneviève. Sie ist eine Freundin von mir und lebt in einem Altersheim in Idaho Falls. Sie ist fünfundachtzig und wird nicht mehr sehr viele Weihnachtsfeste erleben. Und sie hatte ein sehr schweres Leben und möchte so gern, wirklich sehr, sehr gern einmal Weihnachten mit einer richtigen Familie feiern. Ihre beiden Ehemänner haben sie verlassen, und ihre drei Kinder leben an der Ostküste. Ihnen ist es völlig egal, ob Geneviève lebt oder stirbt. Sie ist wirklich entzückend, und ich möchte ... ich möchte ihr dieses Weihnachten ein Geschenk machen. Ich möchte ihr Weihnachten schenken. Und ich möchte, daß sie es mit euch verbringt.«

Schweigen am anderen Ende der Leitung. Ein langes Schweigen, das Myrna mittlerweile bereits kannte.

»Hier? Bei uns? Du möchtest, daß Geneviève

zu uns kommt und Weihnachten mit uns feiert?«

»Darum möchte ich dich bitten, Joy. Ich bitte für Geneviève darum, aber hauptsächlich ist es mein Herzenswunsch. Ich bitte dich, Geneviève für drei Tage aufzunehmen und ihr ein wunderschönes Weihnachtsfest zu bereiten. Ein richtig wundervolles Weihnachtsfest.«

Pause.

»Mutter, bleibst du mal einen Moment dran? Ich muß es mit Paul besprechen.«

»Aber natürlich. Geh und sprich mit Paul darüber.«

Myrna legte die Hand auf die Muschel, aber diesmal kam Florence ihr zuvor. »Schon klar. Sie muß erst mit Paul drüber reden.«

Myrna hörte eine geflüsterte Diskussion, und dann kam Joy wieder an den Apparat.

»Mutter ... wenn ... wenn es zu einem anderen Zeitpunkt wäre ... aber ... Gina hat eine Erkältung ... eine wirklich schreckliche Erkältung. Vielleicht sogar noch etwas Schlimmeres. Der Arzt hat einen Abstrich gemacht, er vermutet Streptokokken und hat sogar irgendwas von einer schweren Angina gemurmelt. Auf jeden Fall wäre es schrecklich, eine so alte Dame einzuladen, und sie dem ... auszusetzen. Alte Menschen sind ja so ... empfindlich. Ich würde mir schreckliche Vorwürfe machen, wenn sie sich hier etwas einfangen würde. Das verstehst du doch, Mutter, oder nicht?«

»Ja.« Myrna war ganz ruhig. »Das verstehe ich. Gut, Joy – Schöne Weihnachten.«

»Wir rufen dich am ersten Feiertag an, Mutter. Ich muß mich sputen, sonst kommen wir zu spät zu den Proben.«

»Ja, lauf nur. Wiedersehen, Joy.«

»Wiedersehen, Mutter.«

Myrna ließ den Hörer in den Schoß sinken und bemerkte ihn erst wieder, als das regelmäßige Tuten zu einem agressiven Dauerton wurde. Dann legte sie auf und warf Florence einen Blick zu. Die tätschelte schweigend Kristinea.

»Gehen wir schlafen, Myrna«, sagte Florence schließlich.

»Vielleicht hat sie ja recht«, meine Myrna zögernd. »Vielleicht wäre es nicht fair, Geneviève einzuladen, wenn dort eine Krankheit umgeht. Wir wollen doch nicht, daß Geneviève krank wird, oder?«

Florence antwortete nicht.

»Habe ich dir schon von Dale erzählt?« Ohne auf eine Antwort zu warten, griff Myrna wieder nach dem Adreßbuch.

6. *Kapitel*

Hallo?«

»Hallo, hier ist Großmutter. Wer ist denn da dran?«

»Bradley, hi, Oma.«

»Ist Daddy in der Nähe, Bradley?«

»Nein. Sie sind einkaufen gegangen. Eigentlich müßten sie schon längst wieder da sein. Soll ich ihm was ausrichten?«

»Ja. Würdest du ihn bitten, mich anzurufen, Bradley? Sag ihm, es ist wichtig, und er soll mich bitte sofort zurückrufen. Machst du das?«

»Natürlich.«

»Vergißt du es auch nicht?«

»Ich sag es ihm bestimmt. Auf Wiedersehen, Oma.«

»Auf Wiedersehen, Bradley.«

Myrna legte auf und sah Florence an. »Wenn

ich es recht bedenke, ist Dale sowieso die beste Wahl. Dale arbeitet für das Sozialamt. Er ist den Bedürfnissen der Menschen besonders aufgeschlossen. Letztes Jahr hat er mir von einer Familie erzählt, mit der er arbeitet. Der Vater war seit sechs Monaten arbeitslos, und seine kleine Tochter brauchte eine kostspielige Operation. Dale hat den Lions Club und den Kiwanis Club und was weiß ich noch wen zusammengetrommelt und das Geld aufgetrieben. Es war einfach großartig.«

»Das ist ja auch sein Job.«

»Aber er tut immer mehr, als er eigentlich müßte.«

»Er wird dafür bezahlt. Es ist nicht schwer, nett zu Menschen zu sein, wenn man dafür bezahlt wird. Ruth wird auch dafür bezahlt.«

»Schon, aber ...«, Myrna suchte angestrengt nach einer guten Erwiderung. Dale bekam natürlich Geld dafür, daß er sich um diese Familie kümmerte. Aber er hätte nicht so schwer für sie schuften müssen, wie er es getan hatte. Und Ruth wurde ebenfalls für die Fürsorge bezahlt, die sie Florence und Myrna angedeihen ließ. Aber sie mußte nicht so nett sein, auch wenn sie dafür bezahlt wurde.

»Hätte dein Sohn auch das Geld für die Operation aufgetrieben, wenn es nicht sein Job gewesen wäre?«

Myrna dachte nach. Das konnte man natürlich nicht mit Gewißheit sagen. Und wenn Ruth ihren Job hier im Altersheim verlor ... würden sie sie jemals wiedersehen? Auch das blieb reine Spekulation. Aber wenn das Telefon klingelte, würden sie es wissen. Sie würden erfahren, ob ...

»So, meine Damen, husch, husch ins Bett.« Ruth kam herein und steuerte geradewegs auf die Kommode zu, öffnete eine Schublade und nahm zwei Nachthemden heraus.

»Noch nicht,Ruth. Bitte, er ruft in ein paar Minuten zurück. Bitte.«

»Aha! Hab ich Sie erwischt. Sie planen tatsächlich ein Rendezvous zu Sylvester! Ich werde Sie im Auge behalten, Sie Schlaubergerin.«

Myrna lächelte gequält. »Es ist mein Sohn. Und es ist sehr wichtig. Nur noch zehn Minuten, bitte.«

Etwas in Myrnas Stimme ließ Ruth aufmerken. Sie ging neben Myrna in die Hocke und sah der alten Dame in die Augen. Dann warf sie Florence einen Blick zu. Die widmete sich hingebungsvoll der Katze auf ihrem Schoß.

»Geht es Ihnen gut? Oder fehlt Ihnen etwas? Kann ich Ihnen helfen?«

»Nein«, log Myrna. »Es ist alles in Ordnung. Es ist nur ... ich muß unbedingt mit meinem Sohn sprechen.«

»Sicher, Myrna. Natürlich. Ich komme später wieder.«

Ruth stand auf und wollte gehen, als Myrna sie an die Hand faßte.

»Ruth?«

»Ja, bitte?«

»Wenn Sie hier nicht mehr arbeiten würden, sondern ... sagen wir, versetzt würden oder einen anderen Job fänden, dann würden wir Sie wahrscheinlich nicht mehr wiedersehen, stimmt's?«

Zärtlich strich Ruth Myrna über die Wange. »Mich nie wiedersehen? So einfach werden Sie mich nicht los, Myrna. Ich würde Sie immer besuchen und dafür sorgen, daß Sie auch Ihr

Gemüse essen ... und ab und zu auch mal einen Schokoriegel hereinschmuggeln. Sicher würden Sie mich wiedersehen. Wie kommen Sie bloß auf so etwas?«

Myrna lächelte. »Versprochen?«

Ruth hielt drei Finger ihrer rechten Hand hoch. »Großes Indianerehrenwort. Ich verspreche, daß ich Sie besuchen würde, selbst wenn man mich feuern sollte. Was übrigens gar nicht so abwegig ist, wenn die Damen nicht bald ins Bett gehen. Einverstanden?«

Myrna nickte und ließ Ruths Hand los. »Einverstanden.«

Als sie wieder allein waren, stellte sie das Telefon neben ihren Stuhl und faltete die Hände im Schoß. Florence rollte ihren Stuhl so, daß sie Myrna ins Gesicht sehen konnte und fuhr dann fort, die schnurrende Kristinea zu streicheln. Beide Frauen starrten wie hypnotisiert auf das Telefon.

Klingel endlich! Dachte Myrna und konzentrierte all ihre Gedanken auf den roten Apparat. Richard hatte sie gefragt, welche Farbe ihr Telefon haben sollte, und Myrna hatte sich für rot entschieden. Schwarz war zu nüchtern. Weiß erinnerte sie zu sehr an Krankenhaus. Rot dagaegen wirkte freundlich. Vielleicht würde ein rotes Telefon sogar öfter klingeln. Klingel! Dachte sie. Sie redete gelegentlich auch mit ihrer Arthiritis, wenn sie schlimmer wurde, und manchmal schien es zu helfen.

Als das Telefon schrillte, fuhren die beiden Frauen erschreckt zusammen.

»Hallo?«

»Mutter? Ist alles in Ordnung mit dir?«

»Mir geht es gut. Und dir, Dale?«

»Alles klar. Ich habe mir Sorgen gemacht. Bradley meinte, es wäre wichtig. Stimmt etwas nicht?«

»O nein. Bei mir ist alles in Ordnung. Allerdings habe ich tatsächlich ein Problem. Es geht um Geneviève.«

»Wer ist das?«

Tja, und dann stürzte sich Myrna erneut in die Geschichte, die Geschichte von Geneviève, ihr tragisches Leben, ihre große Sehnsucht, ein letztes richtiges Weihnachtsfest mit einer richtigen Familie zu erleben.

»Hier? Bei uns? Ich soll sie zu Weihnachten zu uns holen?«

»Würdest du das tun, Dale? Es würde mir so viel bedeuten.«

»Ist das dein Ernst? Eine Frau, die du nicht mal persönlich kennengelernt hast?«

»Ja. Tu für sie doch einfach das, was du auch für mich tun würdest. Ich bin dieses Jahr nicht da, weißt du? Laß sie einfach ... meinen Platz einnehmen.«

Erneut herrschte am anderen Ende der Leitung dieses beklommene Schweigen. Myrna spielte mit ihrem Kleid, legte den Stoff in kleine Falten und preßte sie in ihrem Schoß.

»Mutter, versteh mich richtig ... es ist mir wirklich unangenehm ... aber es geht einfach nicht. Marta hatte es in den beiden letzten Monaten wirklich sehr schwer.«

»Ach? Davon hast du mir ja gar nichts erzählt.«

»Na ja, ich ...« Dale brach ab und fuhr dann hastig fort: »Sie hat Kopfschmerzen, und es gibt Probleme in ihrem Job. Sie jetzt diesem zusätzlichen Streß auszusetzen ... ich weiß nicht.

Weihnachten ist auch so schon anstrengend genug. Ich kann nicht auch noch von ihr verlangen, eine vollkommen fremde Person aufzunehmen. Neben all den anderen Dingen, die sie erledigen muß, will ich ihr nicht auch noch die Last aufbürden, sich um eine Invalide kümmern zu müssen.«

»Oh, das stimmt nicht. Geneviève geht jeden Tag spazieren.«

Florence hörte auf, die Katze zu streicheln und blickte überrascht hoch. »Ach, wirklich?« fragte sie leise.

Myrna legte die Hand auf die Sprechmuschel und zischte Florence zu: »Ich glaube, es ist der Rollstuhl. Der Rollstuhl macht ihnen angst.« Dann sprach sie wieder ins Telefon. »Dale? Geneviève ist sehr robust. Wenn ihr Schlittschuh laufen wollt, könnt ihr sie sogar mitnehmen.«

»Was denn ... mit fünfundachtzig? Du machst wohl Witze.«

»Und sie ist großartig, wenn es darum geht, einen Schneemann für die Kinder zu bauen.«

Florence rollte mit den Augen und streichelte wieder die Katze.

»Also, Mutter, du weißt, daß ich liebend gern alles für dich tun würde. Alles, was ich kann. Aber das ... kann ich einfach nicht.« Er wartete. »Mutter? Bist du noch dran?«

»Danke für deine Mühe, Dale. Es war nett, mit dir zu reden.«

»Ich rufe dich Weihnachten an, Mutter. Wann paßt es dir am besten ...?«

Myrna legte zitternd den Hörer auf die Gabel zurück und ließ ihre Hand noch einen Augenblick darauf liegen. Eine Träne lief ihr über die Wange, fiel auf die Hand und verschwand in den Tälern zwischen ihren Adern. Es konnte einfach nicht wahr sein! Hatte Dale nein geagt? Dale, an dessen Bett sie sieben Tage gewacht hatte, als er mit einer Lungenentzündung darnieder lag. Auch Dale hatte nein gesagt?

»Schlafenszeit!« Ruths liebenswürdige Stimme klang hell wie Glockengebimmel, als die Krankenschwester ins Zimmer kam.

»Ja«, sagte Myrna leise. »Jetzt ist Schlafenszeit.«

7. *Kapitel*

An diesem Abend sahen sich Myrna und Florence vom Bett aus den Schluß der Weihnachtssondersendung im Fernsehen an. Altmodische Weihnachtsszenen und -klänge umfluteten sie und hüllten sie ein wie eine Decke. Aber diese Decke wärmte nicht. Irgendwie fühlte sie sich kalt an.

Kurz danach wurde das Licht gelöscht. Das einzige Geräusch war das Atmen der beiden Frauen und Geschirrklappern irgendwo im Flur.

»Florence?«

»Hmm?«

»Schläfst du?«

»Nein. Du?«

»Wollen wir unser Ratespiel spielen?«

Manchmal, wenn sie beide nicht schlafen konnten, schlugen sie die Zeit mit ihrem Lieblingsspiel tot. Eine dachte sich eine Person aus, und die andere mußte mit Hilfe von Fragen, die nur mit Ja oder Nein beantwortet werden konnten, erraten, wer es war. Einige ihrer Favoritinnen waren Johanna von Orleans, Napoleon, Eleanor Roosevelt und Elizabeth Taylor.

»Na gut«, sagte Florence. »Ich denke mir jemanden aus.«

»Geneviève«, riet Myrna, ohne zu zögern.

»Wie bist du darauf gekommen?« wollte Florence wissen.

Myrna antwortete nicht, sondern stellte eine Gegenfrage. »Was Geneviève jetzt wohl gerade denkt?«

Florence überlegte kurz. »Allein. Wieder allein. Wieder allein zu Weihnachten.«

Myrna schnalzte mit der Zunge und schüttelte in der Dunkelheit den Kopf. »Arme Geneviève. Wieder allein.« Wenn man sie ernsthaft gefragt hätte, hätte Myrna natürlich zugegeben, daß Geneviève in Wirklichkeit nicht existierte. Aber irgendwie, auf eine sehr reale Art, war Geneviève genauso wirklich wie sie selbst.

Die beiden Frauen schwiegen eine Zeitlang,

bis Florence schließlich sagte: »Du bist dran. Denk dir jemanden aus.«

»Einverstanden. Mal sehen. Ich denke mir jemanden aus.«

»Lebt die Person?«

»Ja.«

»Weiblich?«

»Ja.«

»Berühmt?«

»Nein.«

Florence dachte nach. »Habe ich schon einmal von ihr gehört?«

»Hmm. Vielleicht.«

»Was heißt hier vielleicht? Es ist doch nicht etwa wieder dein Lieblingstenor aus der zweiten Klasse, oder?«

Vor ein paar Monaten hatte sich Florence über diese Person so aufgeregt, daß sie sich ganze zwei Wochen geweigert hatte, das Spiel mit Myrna zu spielen.

»Nein, nein. Ach, mir ist nicht nach Spielen zumute, Florence. Susie. Ich habe an Susie gedacht.«

»Susie?«

»Meine jüngste Tochter Susie. Habe ich dir jemals von ihr erzählt?«

»Ein bißchen.«

Myrna brauchte keine weitere Ermunterung. Geschichten über Susie sprudelten nur so aus ihr heraus. Was für ein weiches Herz Susie hatte, und wie sie alle streunenden Katzen der ganzen Stadt mit nach Hause geschleppt und gebettelt hatte, sie behalten zu dürfen. Wie sie eine kleine Blindschleiche fand, der man den Schwanz abgeschnitten hatte. Sie hatte Myrna beschwatzt, daß sie sie in einer Schachtel in ihrem Zimmer behalten und versuchen durfte, sie zu heilen. Wie sie selbst bei traurigen Werbefilmen weinte.

»Wenn ich so darüber nachdenke, ist Susie eigentlich die geeignetste Kandidatin als Gastgeberin für Geneviève. Letzten Herbst hat sie ihren Zwillingen geholfen, einen kleinen Vogel gesund zu pflegen, den die beiden auf ihrem Nachhauseweg von der Schule gefunden hatte. Wenn sie einen kleinen Vogel pflegen, dann werden sie doch sicher auch Geneviève zu sich nehmen, meinst du nicht?«

»Vielleicht«, erwiderte Florance, aber sie glaubte nicht wirklich daran.

»Habe ich dir schon von den Zwillingen erzählt?« Myrna redete weiter, ohne auf eine Antwort zu warten. »Sie sind gerade zehn geworden. Es sind entzückende kleine Mädchen mit den längsten blonden Zöpfen, die ich jemals gesehen habe. Die Zwillinge haben überhaupt das Weihnachtsstück begründet. Und sie spielen mit, seit sie vier Jahre alt sind. Sie kommen auf die Bühne wie zwei kleine Engel mit langen weißen Umhängen und Heiligenscheinen aus Lametta und kündigen die Weihnachtsgeschichte an.«

Myrnas Stimme wurde heiser und brach, als sie die letzten Worte aussprach. Dieses Jahr würde sie nicht dabei sein, nicht hören, wie die Zwillinge das Stück ankündigten. Und der schlimmste Gedanke war: Warum führten sie das Stück überhaupt auf? Verstanden sie überhaupt die Botschaft? Ich war ein Fremder, aber er nahm mich auf.

Eine Hoffnung gab es noch. Susie. Gleich morgen früh, noch bevor Ruth mit dem Frühstück kam, würde Myrna Susie anrufen. Ihr Baby ... sie war immer ihr Baby geblieben ... Susie würde nicht nein sagen. Susie würde Geneviève zu sich holen. Myrna klammerte sich an diesen tröstlichen Gedanken wie an eine Schmusepuppe und schlief ein.

Selbst die Katze schlummerte noch, als Myrna am nächsten Morgen ihr Adreßbuch durchblätterte.

»So früh?« Florence schielte mit einem Auge auf die Uhr auf ihrem Nachttisch. »Es ist erst halb sieben.«

»In Idaho ist es später als hier«, entgegnete Myrna. »Außerdem ist Susie immer schon eine Frühaufsteherin gewesen.«

Myrna schlang den Bademantel fester um sich, als sie das kleine Gebet wiederholte, das sie die ganze Nacht vor sich hingeleiert hatte, wie eine Schallplatte mit einem Sprung. »Bitte, bitte, laß Susie ja sagen. Bitte, laß sie ja sagen.«

Sie tippte die Nummer und schloß die Augen.

»Hallo?«

»Hallo, ich bin's, Oma.«

»Hi, Oma.«

Ich weiß, daß du eine der Zwillinge bist, aber welche habe ich erwischt?«

»Sara.«

»Sara. Wie geht es dir?«

»Danke gut, Oma. Und dir?«

»Sehr gut, vielen Dank. Ist deine Mutter da?«

»Ich hole sie.«

Myrna angelte mit dem Fuß nach den warmen Pantoffeln unter dem Bett, die die Zwillinge ihr letztes Jahr zu Weihnachten geschenkt hatten. Früh am Morgen war es immer kalt im Zimmer, und Myrna war wirklich dankbar für die Pantoffeln.

»Mutter? Wie geht es dir?«

»Danke, Susie, gut. Und dir?«

»O Mutter, du solltest unseren Baum dieses Jahr sehen. Er war noch nie so schön. Tante Mabel hat drei Dutzend dieser hübschen, kleinen Schneeflocken gemacht. Und ich habe noch mehr ...«

»Susie?« Myrna konnte nicht mehr warten. »Susie ... ich ... ich brauche deine Hilfe.«

»Was ist denn?« erkundigte Susie sich beunruhigt.

»Du mußt ... eine Freundin von mir zu Weihnachten einladen.«

Und dann erzählte sie das Märchen von Geneviève zum fünften Mal, schilderte ihre Enttäuschungen mit ihren Männern und ihren Kindern, ihre Leiden, ihre Einsamkeit und ihre Sehnsucht, einmal ein Weihnachtsfest im Kreise einer Familie erleben zu dürfen, nur ein einziges Mal – bevor sie starb. Myrna erzählte die Geschichte dieses Mal besser als die vier Male zuvor. Und ihre Stimme war kurz davor, ihr den Dienst zu versagen.

»Laß sie dieses Jahr die Großmutter sein, Susie. Laß sie meinen Platz einnehmen. Schenk ihr dieses Weihnachten, damit sie in Frieden und glücklich sterben kann.«

Myrna holte Luft und wartete auf eine Antwort. Es kam keine.

»Susie?«

»Mutter, das ist ... na ja, tja, ähm ... ich muß darüber kurz nachdenken. Kann ich dich zurückrufen?«

»Nein, Susie. Entscheide dich jetzt sofort. Ja oder nein.«

Erneut herrschte Schweigen am anderen Ende der Leitung.

»Sie macht euch keinerlei Mühe. Sie hat weder einen Rollstuhl noch sonst irgendwas. Sie geht sogar jeden Tag spazieren.«

»Aber ... würde sie sich nicht furchtbar unwohl fühlen mit lauter fremden Menschen?«

»Es würde ihr wahnsinnig gut gefallen. Glaub mir, sie ist ganz versessen darauf.«

»Aber wir ... ich meine, es ist ein ausgesprochen ungünstiger Moment. Der Zeitpunkt ist ganz schlecht, Mutter. Vielleicht kann ich es ja nächstes Jahr bewerkstelligen. Ich bin sogar ganz sicher, daß es nächstes Jahr geht. Ich werde es jetzt schon einplanen.«

»Nächstes Jahr wird sie nicht mehr unter uns sein.«

»Nein? Oh. Nicht?«

»Nein. Sie ... es geht ihr wirklich schlecht.«

»Aber hast du eben nicht gesagt, daß sie jeden Tag einen Spaziergang macht?«

Myrna dachte kurz nach. »Schon, aber langsam. Und immer langsamer. Nächstes Jahr wird sie nur noch eine Erinnerung sein.«

»Ach, Mutter, ich wünschte wirklich, ich könnte dir den Gefallen tun. Glaub mir, ich wünschte wirklich, es ginge. Aber ich kann es nicht. Es geht einfach nicht. Bitte versuche, das zu verstehen, Mutter.«

»Gut, dann wünsche ich dir frohe Weihnachten.«

»Ich ... wir sprechen uns bald, Mutter. Und wir machen ein Video von dem Weihnachtsstück. Es wird dir ganz bestimmt gefallen.«

»Ja, sicher. Auf Wiedersehen, Susie.«

»Auf Wiedersehen, Mutter. Alles Liebe.«

Myrna legte auf und sank in den Sessel zurück.

Florence brach als erste das Schweigen. »Nimm es deinen Kindern nicht zu übel, Myrna. Es sind gute Menschen. Wenn ich es recht bedenke, hätte ich auch keine alte Dame zu Weihnachten aufnehmen mögen, als ich jung war. Ich finde diese Idee wahrscheinlich nur deshalb gut, weil ich jetzt selbst eine alte Dame bin.«

Myrna nickte. »Das denke ich auch, Florence. Sicher, da hast du gewiß recht. Ich habe einfach nur angenommen, daß meine Kinder anders wären.« Langsam klappte sie ihr blaugeblümtes Adreßbuch zu und legte es in die Nachttischschublade zurück.

8. *Kapitel*

Der nächste Tag war der Tag vor dem Heiligen Abend. Aus den umliegenden Kirchen waren bereits zweimal Weihnachtssänger gekommen. Aus den Lautsprechern im Flur tönten fast die ganze Zeit Weihnachtslieder. Und auf den Tabletts mit dem Mittag- und Abendessen lagen Spekulatiuskekse, die wie Glocken oder Weihnachtsmänner geformt waren. Ruth hatte sich vier Tage frei genommen. Sie hatte sich vorher noch von Myrna und Florence verabschiedet und ihnen frohe Weihnachten gewünscht.

»Und jetzt benehmen Sie sich ordentlich und vergessen Sie nicht, daß Sie mir erzählen müssen, was der Weihnachtsmann Ihnen gebracht hat.« Ruth drückte jeder von ihnen einen Kuß auf die Wange, bevor sie ging.

Der Weihnachtsmann. Sicher, es würde wie

jedes Jahr Geschenke geben. Ein großer Karton aus Idaho Falls war bereits angekommen. Darin waren ein Dutzend Geschenke in buntem Papier, die jetzt schon auf dem Tisch neben dem Weihnachtsstern darauf warteten, ausgepackt zu werden. Florence hatte auch ein paar Geschenke bekommen. Ihre Kusine und ihre ehemalige Agentin hatten sie ihr geschickt.

»So schlecht sind wir gar nicht dran, Myrna«, stellte Florence fest. »Es gibt viele Menschen, denen es viel schlechter geht als uns.«

Myrna nickte. Sie sprach es nicht aus, aber sie dachte es. Geneviève. Geneviève hatte kein Geschenk bekommen, das sie auspacken könnte. Florence und Myrna waren übereingekommen, den Namen nicht mehr zu erwähnen. Es tat zu weh. Myrna versuchte, nicht mehr an sie zu denken, aber es klappte nicht. Im Gegenteil, sie dachte an kaum etwas anderes. Natürlich dachte sie auch an ihre Kinder. Sie listete insgeheim die guten Eigenschaften jedes ihrer heißgeliebten Kinder auf und redete sich ein, daß alle ihre Ausreden hinlänglich begründet waren. Es war einfach ein ungünstiger Zeitpunkt gewesen. Sie hatte zu viel verlangt. Aber ein Satz ging ihr einfach nicht aus dem Kopf, und sie wiederholte ihn immer und immer wieder in ihrem Hirn, wie die Weihnachtslieder auf dem Flur: Ich war ein Fremder, aber er nahm mich auf.

Nach dem Essen dösten Myrna und Florence ein bißchen in ihren Sesseln. Sie hatten es sich abgewöhnt, ein Mittagsschläfchen zu halten. Dann konnten sie nachts besser schlafen. Aber das Ritual, nach dem Essen in ihren Sesseln zu dösen, liebten sie sehr.

Während Myrna halb wach vor sich hindöste, drangen die Geräusche aus dem Altersheim in ihr Bewußtsein. Bruchstücke von Weihnachtsliedern, das Klappern von Geschirr und Tabletts, und das Quietschen der Gummisohlen auf den Kacheln des Flurs vermischten sich in ihrem Kopf. Und die Stimme einer alten Frau, die auf dem Flur nach einer Schwester rief.

Noch etwas hörte sie: Zwei junge Stimmen, die gemeinsam etwas aufsagten: »Weihnachten ist die Zeit der Liebe, die Zeit des Friedens ...«

Da wußte Myrna, daß sie schlief. Sie hatte in der letzten Woche häufiger von Weihnachten zu

Hause geträumt. Aber die Stimmen klangen so real. Sie öffnete die Augen. Vielleicht träumte sie ja gar nicht. Vielleicht war sie gestorben und befand sich im Himmel. Denn da standen zwei Engel in der Tür, zwei kleine Engel in langen weißen Umhängen und mit Heiligenscheinen aus Lametta. »Höret nun die Weihnachtsgeschichte.« Myrna setzte die Brille auf. Die Engel standen tatsächlich da.

Und dann stürmten sie auf sie zu. »Frohe Weihnachten, Oma! Hallo, Oma!« Und dann war plötzlich das ganze Zimmer voll. Nicht mit Engeln, nein: mit Menschen, richtigen Menschen. Sie kamen auf sie zu, neigten sich über sie, küßten sie. »Frohe Weihnachten, Mutter.« »Überraschung, Mami!« »Bist du auch überrascht, Oma?« »Frohe Weihnachten, Omi!« »Fröhliche Weihnachten!«

Myrna blickte von einem zum anderen. Sie war zu überrascht, als daß sie etwas hätte sagen können. Sie träumte nicht. Und sie war auch alles andere als tot. Sie waren da, alle miteinander. Ihre ganze Familie war da – um Weihnachten mit ihr zu feiern!

Eines ihrer Kinder lachte und redete gleichzeitig. War das Joy? »Wir mußten den Kindern versprechen, daß wir dich damit überraschen, Mutter. Du weißt ja, wie sehr sie Überraschungen lieben. Wir haben es seit Monaten geplant.«

»Haben wir dich überrascht, Oma? Warst du überrascht?«

Myrna nickte und rang nach Worten. Ihre Stimme versagte ihr den Dienst. »Ich ... ich ...«

Patricia quietschte: »Sie hat nichts geahnt!«

»Weißt du was, Oma?« War das etwa Bradley? Der schlaksige Junge mit dem strahlenden Lächeln? »Wir haben dieses riesige Haus direkt am Strand gemietet – man kann vom Fenster aus das Meer sehen. Wir feiern da alle zusammen Weihnachten. Wir haben es für eine ganze Woche gemietet!«

Myrna sah Joy fragend an, als wollte sie sich vergewissern, ob es wirklich stimmte, was sie da hörte.

Joy lachte wieder. »Es stimmt, Mutter. Wir haben ein Haus am Strand gemietet. Wir dachten uns, daß wir lieber jetzt Ferien machen statt im

Sommer. Mal ehrlich: Wer will schon Weihnachten in Idaho feiern, wenn man ein bißchen Sonne erhaschen kann, hm?«

»Und erst der Strand!«

»Und Disneyland!«

»Und Oma!«

»Vor allem Oma!«

Das hatte Dale gesagt. Wenigstens glaubte Myrna es. Sie konnte es nicht genau erkennen. Ihr Sehvermögen war vorübergehend ... getrübt. Irgend etwas lag wie ein Schleier davor, und sie mußte sich die Augen wischen.

Schließlich bekam Myrna wenigstens ihre Stimme unter Kontrolle. »Ihr seid – hier? Ihr seid alle hier?« Sie sah sich im Zimmer um. Es drängelten sich fast dreißig Menschen in dem kleinen Raum. Florence nicht mitgerechnet, die vor Verblüffung ihren Kopf hin und her drehte, als würde sie in einem Film eine Überraschungsszene spielen.

»Ja, es sind alle da.« Das war Susie. »Wir sind die ganze Nacht gefahren.«

«Nicht alle.« Das war Beverly. »Noch nicht, jedenfalls.«

Myrna sah sich um und hakte im Kopf rasch die Namensliste ab. »Richard. Wo ist Richard?«

»Richard trudelt morgen hier ein«, fuhr Beverly fort. »Er kommt morgen nachmittag mit dem Flugzeug. Mit Geneviève.«

Myrna sah Beverly eindringlich an. War es doch ein Traum?

»Wie bitte?«

»Mit Geneviève. Deine Freundin aus dem Altersheim in Idaho Falls.«

Myrna drehte sich langsam zu Florence um, die genauso langsam den Kopf wandte, und Myrna ansah.

»Geneviève?« fragte Myrna.

»Geneviève kommt ... hierher?« wollte Florence wissen.

»Um Weihnachten mit uns zu feiern!« fuhr Beverly fort. »Du glaubst doch nicht etwa, daß wir sie zu Weihnachten in diesem Altersheim sitzen lassen würden?«

Die beiden alten Damen sahen sich immer noch an. »Geneviève kommt hierher?« fragte Florence leise.

»Um Weihnachten zu feiern?« füge Myrna hinzu.

»Ich muß zugeben, daß wir ein bißchen Schwierigkeiten hatten, sie ausfindig zu machen, Mutter. Wir konnten kein Rosemont Seniorenheim in Idaho Falls finden. Aber es gab ein Rosewood-Altersheim nicht weit entfernt. Wir dachten uns schon, daß du wahrscheinlich dieses Heim gemeint hast. Nur wohnte dort keine Geneviève Christensen. Aber sie hatten eine Geneva Christopherson. Die meintest du sicher, stimmt's? Bedauerlicherweise ist Geneva letzte Woche in ein Altersheim nach Boise verlegt worden, und wir konnten nicht herausfinden, in welches. Also haben wir Richard in ein Flugzeug nach Boise gesetzt, damit er sie sucht. Und wir haben zwei Flugtickets für morgen, den vierundzwanzigsten, besorgt. Wir wußten nicht genau, ob Geneva einen Rollstuhl braucht, also haben wir die Fluggesellschaft gebeten, sie sollen auf alle Fälle einen bereitstellen. Und wir haben Richard gesagt, daß er gar nicht erst in den Flieger zu steigen braucht, wenn er Geneva nicht gefunden hat.

Also mach dir keine Sorgen, Mutter. Er wird sie finden.«

»Und ihr beiden bekommt das schönste Zimmer, Oma. Ihr könnt direkt auf's Meer sehen!«

»Sieh mal, was wir im Auto gemacht haben!« Eine der Zwillinge hielt zwei große, rote, gefüllte Strümpfe hoch. Auf dem einen war »Myrna« eingestickt, und auf dem anderen »Geneva«.

»Glaubst du, daß es ihr gefällt?«

»Wie ...? Was ...? Ich ...« Myrna verschlug es die Sprache.

Dale kniete sich neben sie und nahm ihre Hand. »Geht es dir gut, Mutter? Stimmt etwas nicht?«

Tränen liefen Myrna über die Wangen, als sie die Hand ausstreckte und ihrem Sohn über die Wange streichelte. »Ihr habt ... Geneviève ein Flugticket gekauft?«

Dale nickte. »Sie wird morgen hier sein.«

Myrna hatte Schwierigkeiten, weiterzusprechen. »Dale ...« Sie sah sich in dem Zimmer um und musterte die dreißig Gesichter, die ihr voller Vorfreude entgegenblickten. »Es gibt keine Geneviève.«

Dale beugte sich etwas weiter vor. »Wie bitte?«

»Es ... es gibt keine Genevève. Wir haben sie uns ausgedacht. Florence und ich haben sie erfunden.«

Beverly kniete sich ebenfalls hin und nahm Myrnas freie Hand. »Ihr habt sie euch ausgedacht? Aber warum?«

»Florence glaubte nicht, daß jemand eine einsame, alte Dame zu Weihnachten aufnehmen würde, und ich sagte: ›O doch, es gibt Menschen, die das tun.‹ Sie wollte wissen, wer, und ich sagte: ›Meine Kinder.‹ Und sie sagte: ›Nein, das werden sie nicht tun‹, und ich sagte, daß ihr das wohl tun würdet. Und es war plötzlich so wichtig für mich, es herauszufinden. Ich ... ich mußte in Erfahrung bringen, ob ... ob ich euch etwas beigebracht habe.«

Einen Moment herrschte Schweigen, das schließlich Joy mit ihrem lauten Lachen durchbrach. »Mutter! Ob du uns etwas beigebracht hast! Meine Güte, Mutter, hast du denn vergessen, was du uns beigebracht hast?«

»Ich mußte wohl herausfinden ... ob ihr es auch gelernt hattet.«

»Du meinst ...«, Julies Stimme klang enttäuscht, »Geneviève kommt gar nicht?«

Traurig schüttelte Myrna den Kopf.

Alle schwiegen einen Augenblick. Schließlich stand Beverly auf, trat neben Florences Rollstuhl und kniete sich hin. »Ehm ... Florence ...?« Sie sah kurz zu Myrna zurück. »Das ist doch Florence, hab ich recht?«

Myrna nickte.

»Sie haben die ganze Geschichte angezettelt, Florence, stimmt's?«

Florence nickte und sah verlegen zu Boden.

»Sehr schön. Was machen Sie Weihnachten, Florence? Fahren Sie irgendwo hin?«

Florence hob langsam den Blick und sah Beverly an. Dann schüttelte sie kurz den Kopf.

»Wie wär's ... wollen Sie mit uns kommen? Wir haben offensichtlich einen freien Platz, weil Geneviève aus sehr naheligenden Gründen verhindert ist.«

Florence ließ ihren Blick über die dreißig Personen schweifen, die sie erwartungsvoll ansahen und lächelte. »Ich? Ich soll mit Ihnen kommen?«

»Ja.«

»Um … um Weihnachten zu feiern?«

»Eine ganze Woche. Falls Sie es mit uns aushalten.«

»Genau!« rief der Zwilling mit den roten Socken. »Ich kann schnell einen anderen Socken besticken.«

Und ihre Zwillingsschwester rief: »Ich werde Sie in Ihrem Rollstuhl über den Strand schieben!«

»Und dann ich!«

Alle lachten. Außer denen, die weinten. Und einige lachten und weinten gleichzeitig. Zum Beispiel Myrna. Und Florence.

»Sind Sie sicher? Ich meine, haben Sie wirklich genug Platz?« fragte Florence hoffnungsvoll.

»Für einen mehr ist immer Platz.«

Myrna sah sich um, weil sie herausfinden wollte, wer das gesagt hatte. Es waren dieselben Worte, die sie immer benutzt hatte. Aber sie konnte es nicht feststellen, und außerdem war es auch nicht wichtig.

Dann drängte sich noch jemand in das überfüllte Zimmer. Ruth trat an den Schrank und nahm einen kleinen Koffer heraus.

»Ich habe alles gehört. Während Myrna geschlafen hat, habe ich ihre Sachen gepackt. Jetzt muß ich mich ein bißchen beeilen, damit Florence auch noch rechtzeitig fertig wird.«

»Ruth?« fragte Myrna schwach. »Haben Sie denn heute nicht frei?«

»Sie glauben doch wohl nicht wirklich, daß ich mir das hier entgehen lassen würde?« Ruth deutete auf die Familie und begann, Sachen aus dem Schrank und der Kommode in den Koffer zu packen. »Sie haben mich eingeweiht, und ich freue mich schon seit Thanksgiving darauf.«

Beverly klatschte gebieterisch in die Hände. »Gut, beeilen wir uns! Macht, daß ihr rauskomt. Alle, bis auf Dale. Wir treffen uns im Haus. Susie, denk dran, daß du irgendwo die Kerzen für das Lebkuchenhaus kaufst.«

»Ein Lebkuchenhaus?« Florence zupfte Beverly am Ärmel. »Es gibt ein richtiges Lebkuchenhaus?«

»Wir müssen es heute abend noch machen, weil wir Angst hatten, daß es auf der Reise im Auto kaputtgehen könnte.«

»Ruth?« sagte Florence mit stolzer Stimme,

und die alte Dame hielt sich so gerade wie schon seit Tagen nicht mehr. »Packen sie unbedingt mein rotes Kleid mit ein, Sie wissen schon, das mit der Spitze.«

»Aber natürlich, Florence. Worauf Sie sich verlassen können.«

Mittlerweile hatten alle bis auf die beiden alten Damen, Ruth, Beverly und Dale das Zimmer verlassen. Dale setzte sich an den kleinen Tisch und griff nach dem Telefon. Er wählte und wartete einen Moment. »Vermittlung? Ich brauche die Nummern aller Altersheime in Boise. Ja, ich bleibe dran!«

Die beiden Damen lächelten, als sie durch den Flur zogen, Florence in ihrem Rollstuhl und Myrna mit ihrer Krücke. Sie wünschten allen, die sie sahen, fröhliche Weihnachten. Der Duft von gebratenem Truthahn »Surprise« drang aus der Küche. Und der Baum in der Lobby war von den Kindern der Grundschule nebenan um die Ecke gestiftet und bunt geschmückt worden. Er sah wunderschön aus. Weihnachtslieder ertönten aus den Lautsprechern.: »Stille Nacht, heilige Nacht …« Und eine

Stimme, eine uralte, weit entfernte Stimme, die dennoch vertrauer war, als jede wirkliche Stimme jemals sein könnte, sagte mit einem zufriedenen Unterton: »Du nahmst mich auf. Ich war ein Fremder, doch du nahmst mich auf.«

Die Türen glitten auf, und die beiden alten Damen traten langsam in den strahlenden Schein der Dezembersonne hinaus.

ISBN 3-352-00541-9

3. Auflage 1999

Die Originalausgabe erschien 1984 unter dem Titel »A Stranger for Christmas«

bei St. Martin's Press, New York.

Einbandgestaltung Henkel/Lemme

Druck und Binden Clausen & Bosse, Leck

Printed in Germany